Jack lo Squartator

Erika Sanders

Immagine di copertina: @Sam Williams, 2023

Prima edizione: 2023

Sinossi

Tamara non sapeva e non avrebbe mai saputo cosa fosse successo dopo.

Tutto ciò che avrebbe ricordato era l'improvviso, accecante lampo d'argento nella luce, una sensazione di bruciore attraverso la gola e la testa sobbalzata dai capelli.

E all'improvviso, era impossibile respirare.

Lottò, cercando di allentare la sua presa, ma scoprì che le sue braccia sembravano pesi di piombo e che la sua concentrazione era sfocata...

Nota sull'autrice:

Erika Sanders è una scrittrice di fama internazionale, tradotta in più di venti lingue, che firma i suoi scritti più erotici, lontani dalla sua solita prosa, con il suo cognome da nubile.

Indice:

JACK LO SQUARTATORE
ERIKA SANDERS

CAPITOLO I

Tamara giaceva silenziosa sotto l'uomo, chiudendo gli occhi alla vista del suo brutto viso contorto, ma tenendo le gambe divaricate il più possibile. Non poteva lamentarsi; dopotutto, era pulito e aveva fatto il bagno di recente, quindi il suo odore non era il problema. Era il suo istinto. Non avrebbe mai dovuto decidere di portare a letto un uomo grasso, ma 400 dollari erano troppi per lasciarsela sfuggire. $ 400 dollari, senza sella. Il suo intestino premette contro il suo addome e lei stava trovando quasi impossibile fare un respiro pieno e profondo. Oltre a ciò, il suo pube le stava strofinando il clitoride e stava diventando doloroso.

Alla fine, ha accelerato, scopandola come se la sua stessa vita dipendesse da questo e le ha martellato il buco già dolorante fino a quando non stava venendo. Si alzava di scatto a ogni eiaculazione, facendole pensare a una balena che saltava fuori dall'acqua e a quattro schizzi bagnati più tardi, rotolava via da lei, entrambi senza fiato.

Si asciugò la faccia e la guardò. "Sei stato bravo."

"Ehm, grazie." Si alzò a sedere e gli accarezzò il ventre ansante. "Ti dispiace se uso il tuo bagno?"

"Niente affatto. Fai in fretta. Mia moglie tornerà da un momento all'altro."

Tamara si alzò, stringendo le gambe strettamente insieme per impedire al suo sperma acquoso di scivolare fuori. Riuscì a tenerne la maggior parte dentro finché non riuscì a sedersi sul water e ad usare i suoi muscoli per esprimerla. Ha usato alcuni bastoncini di carta igienica per pulire il disordine, tamponando l'interno delle gambe e cercando di asciugare il pizzo sulla parte superiore dei reggicalze e delle calze. Non male, pensò. Scaricò lo sciacquone e tornò nella stanza d'albergo, chiedendosi se avesse qualche doccia nella sua stanza. Potrebbe essere necessario prenderne un po' sulla via di casa.

"Sarai sull'Essex domani?"

"Non lo so. Potrebbe essere." Tamara allungò la mano e gli rivolse il suo più dolce sorriso quando lui le mise quattro banconote da cento dollari sul palmo della mano. "Vuoi un altro appuntamento?"

"Sì. Non trovare troppe puttane che lo fanno senza gomma."

Puttana. Odiava la parola ma descriveva ciò che era. Sospirò e riprese il falso sorriso. "Bene, vieni a trovarmi quando sei pronto."

Il leggero colpo della porta che si chiudeva dietro di lei era confortante e Tamara si diresse il più velocemente possibile verso l'ascensore. È passata davanti a una coppia di anziani che le ha rivolto uno sguardo cattivo e ha tirato inconsciamente l'orlo alto della sua gonna a pieghe, sapendo che non avrebbe coperto le calze della bambola e le giarrettiere rosa. L'ascensore è arrivato e l'ha liberata dalla loro miseria e in pochi minuti era di nuovo in strada, respirando l'aria fresca di New York City.

Tamara viveva a New York da quasi quattro anni e si prostituiva quasi per lo stesso periodo. Un incontro casuale al terminal degli autobus, quando era scappata, l'aveva messa in contatto con Torrance. Era sempre alla ricerca di carne fresca e il suo corpo da sedicenne si adattava perfettamente al suo conto. Un'altra ragazza, Julieta, le aveva insegnato a giocare e in pochissimo tempo Tamara stava facendo soldi, la maggior parte dei quali era stata rivendicata da Torrance. Quando è stato ucciso a colpi di arma da fuoco da uno spacciatore incazzato di metanfetamine, si è rivolta a Sellers, un altro magnaccia che ha mantenuto una scuderia migliore. Ha guadagnato meglio con lui, ma ha richiesto a tutte le sue ragazze di cavalcare i clienti senza sella. All'inizio aveva esitato, dando per via orale gratis e usando i preservativi sul lato, ma uno dei clienti si era lamentato e un duro pestaggio le aveva fatto cambiare idea sull'attraversarlo di nuovo.

Si diresse verso l'Essex e decise di riprendere il vicolo fino all'appartamento di Sellers. I suoi piedi la stavano uccidendo ed era incazzata dal fatto che Julieta avesse preso le sue vecchie décolleté nere senza chiedermelo. Figa del cazzo! Avrebbe dovuto mettere una serratura migliore alla sua porta. I venditori probabilmente se ne sarebbero occupati per lei.

Un'ombra si staccò da una porta e lei si bloccò a metà passo.

"Buona serata." La voce era bassa e colta con un accento inglese come quello di David Bowie. "Sei libero stasera?"

"Non sono libero ma posso essere comprato."

Venne alla luce e lei sorrise, ringraziando chiunque fosse al piano di sopra che era alto, magro e bello.

"Quanto?"

"Dipende da cosa vuoi."

"Voglio che mi succhi il cazzo e ingoia il mio sperma."

"Niente gomma?"

"Niente gomma. Qual è il costo?"

"$ 300." Le fece cenno di seguirlo e tornarono nella stessa nicchia poco illuminata da cui era emerso. Ha subito iniziato a decomprimere i pantaloni. "Prima i soldi, professore."

Una volta che lui ha sborsato i soldi e lei l'ha controllato e riposto nel portafogli, si è inginocchiata sul terreno sporco, aspettando che si aprisse i pantaloni. Il suo cazzo è saltato fuori, grosso e duro e lei ha emesso un suono di apprezzamento mentre lo prendeva.

"Bel cazzo. Sicuro di non voler scopare?"

"Sì. Sono sicuro."

Tamara non sapeva e non avrebbe mai saputo cosa fosse successo dopo. Tutto ciò che avrebbe ricordato era l'improvviso, accecante lampo d'argento nella luce, una sensazione di bruciore attraverso la gola e la testa sobbalzata dai capelli. Il suo cazzo scomparve alla vista e all'improvviso era impossibile respirare. Lottò, cercando di allentare la sua presa, ma scoprì che le sue braccia sembravano pesi di piombo e che la sua concentrazione era sfocata.

Lui sorrise e usando i suoi capelli, sollevò la testa fino a che il suo cazzo non sfiorava l'ampia incisione che le aveva fatto sul collo. Il suo sangue caldo e zampillante ricopriva la sua verga, rendendo l'ingresso liscio e vellutato. Perfetto. Semplicemente perfetto. Spinse ancora e ancora, il suo corpo tremante mentre lei gorgogliava e lottava e lui sparò via il suo carico, proprio mentre prendeva il suo ultimo respiro.

Perfetto. La gettò da parte come la spazzatura che era e si chiuse la cerniera dei pantaloni, godendosi la sensazione del suo sangue viscoso che gocciolava attraverso i suoi peli pubici e si asciugava sui suoi testicoli. Semplicemente perfetto.

CAPITOLO II

La detective capo Clarice Burton ha parcheggiato la sua auto senza contrassegni sul bordo del nastro giallo della polizia e ha tirato fuori lo scudo, infilandolo nella tasca della giacca. L'ufficiale di registrazione ha notato il suo stato ufficiale e l'ha lasciata passare, guardando il suo culo rotondo contrarsi mentre si dirigeva verso il gruppo di uomini vestiti di scuro, la maggior parte dei quali distolse lo sguardo mentre si avvicinava. Era il 2004 e il mondo affiatato dei migliori detective di New York continuava a ostracizzare le donne. Era considerata un essere inferiore, sebbene avesse il più alto tasso di risoluzione del distretto.

Tuttavia, Clarice Burton non era sopravvissuta vicino alla morte per mano di un marito violento per lasciare che alcuni uomini con piccoli cazzi la spingessero in giro. Il suo partner, Tony Acosta, le fece un rispettoso cenno del capo, infilandosi le mani in tasca e sembrando sconvolto.

"Ciao ragazzi." Mario Andreotti e John Stevens hanno mormorato saluti, osservandola mentre camminava attraverso il loro cerchio e si dirigeva verso il corpo coperto di lenzuolo. Tirò indietro la copertura ed esaminò la giovane donna, notando la profonda fetta nel suo collo e la quantità di sangue che circondava il suo corpo inanimato. "Allora cosa abbiamo qui?"

Gli uomini si scambiarono sguardi e Acosta lasciò il cerchio, inginocchiato sui fianchi accanto a lei mentre estraeva il suo taccuino. "Il suo nome è Tamara Williams, 20 anni. È una prostituta che esce dal sito di Jamie Sellers. È stata trovata da Patrick Miller, l'uomo della spazzatura in piedi laggiù".

"Qualche testimone?"

"Nessuno."

"Le manca qualcosa?"

"Non che possiamo stabilirlo. La sua borsa è laggiù. Aveva 700 dollari in contanti, lima per unghie, biglietto da visita e una bottiglia di smalto trasparente."

"Niente preservativi?"

"No."

"Assicurati di prendere nota per dire al medico legale di verificare la presenza di malattie come l'HIV / AIDS. Sembra abbastanza in salute ma se sta facendo trucchi senza sella, non si sa mai".

"Giusto. C'è qualcos'altro che potresti voler vedere." Acosta si infilò un guanto, rigirò di nuovo il lenzuolo e usò la punta di una vecchia penna a sfera per aprire il taglio profondo nella gola della donna morta. "Lo vedi?"

Burton si sporse in avanti, concentrandosi su una miscela bianca e vellutata che galleggiava sopra il sangue coagulato come il grumo bianco che si trova di solito in un albume. "Che cos'è?"

"È sperma."

"Cosa? Come lo sai?"

"Non ne sono sicuro, ma è quello che penso." Ha spostato il bordo della penna verso il basso, mostrando a Burton una linea bianca lucida all'interno della pelle. "Penso che le abbia tagliato la gola e si sia scopato la ferita mentre stava morendo".

"Uffa!" Si alzò, flettendo i muscoli doloranti delle gambe mentre contemplava le sue parole. "Sembra un super fottuto pervertito."

"Dovrei essere d'accordo con te, Clarence. Ebbene, cosa succede dopo?"

"Procurati quello che puoi dall'uomo della spazzatura e supervisiona la sua raccolta. Di' alla scientifica che voglio sapere subito che cosa ha quella sostanza nella sua gola e se è sperma, fallo inviare per la digitazione. Potremmo essere fortunati e trova qualcuno nel database."

"Va bene. Cosa hai intenzione di fare?"

"Parla con Jamie Sellers. Forse posso scoprire chi era il suo ultimo cliente."

"Non credo che questo fosse un cliente, Clarence. Penso che chiunque fosse il tizio, era un freelance."

"Dovrei essere d'accordo, ma non fa male provarci".

Burton ha lasciato il suo partner ai suoi amici del dipartimento e ha lanciato il suo sguardo sospettoso sulle persone riunite per vedere il cadavere. Era risaputo che a volte l'assassino tornava sulla scena del delitto per riviverlo o per crogiolarsi nell'inettitudine della polizia. L'uomo della spazzatura non sembrava essere turbato dall'aver scoperto un cadavere e stava fumando felicemente a catena, parlando al cellulare. L'unica persona che attirò la sua attenzione fu un prete, in piedi ai margini della folla, con le labbra che si muovevano mentre recitava una preghiera silenziosa sul corpo.

"Sono contento che qualcuno le dia una benedizione." Mormorò a se stessa mentre tornava alla sua macchina. "Ne abbiamo tutti bisogno."

Prossima fermata: The Central.

* * *

Prese una birra dal frigorifero e si sedette sulla sua sedia preferita, sollevando la poltrona reclinabile e mettendo in funzione il telecomando. La televisione si è accesa e la pubblicità di un negozio di mobili ha finito di suonare poco prima dell'inizio dell'Evening News.

"La nostra storia principale, una donna è stata trovata quasi decapitata in un vicolo nel Lower East Side." disse la conduttrice. "Andiamo in diretta con il nostro giornalista sulla scena." A questo punto, si sporse in avanti, il suo interesse suscitò. Mentre il giornalista ha descritto il crimine, ha esaminato i volti delle persone sulla scena. Amava le espressioni paurose e talvolta vuote sui volti degli astanti. Il suo cazzo si è indurito nei pantaloni e si è sbottonato i pantaloni del pigiama, dandogli un colpo lungo e duro.

"L'investigatore capo in questo caso, la detective Clarice Burton, ha detto questo sull'omicidio." Ha esaminato l'ufficiale di polizia formosa e il suo cazzo è diventato ancora più duro. Com'era adorabile! Tutti quei capelli rosso-oro, occhi azzurri, tette enormi... dio, quanto gli piacerebbe spingere il suo cazzo tra quelle bellezze e vomitare il suo carico sul suo mento. Si diede un altro duro colpo, sforzandosi per lo sforzo. Ha continuato a parlare di alcuni dettagli del crimine e la sua attenzione è stata attirata dalla sua bocca, ampia e succulenta, con la punta rosa chiaro che le ragazze prediligevano. Era più che capace di succhiargli il cazzo. Gemette, strofinandosi più forte ora, usando la magia del videoregistratore per rivedere l'intervista in modo da poter vedere la sua bocca muoversi più e più volte.

Un formicolio alla base della spina dorsale segnò il suo rilascio e lui venne, il suo seme che sprizzava nell'aria, getto dopo getto atterrando sul velluto spazzolato della sedia e sul pelo marrone chiaro del tappeto sottostante. Ansimando per il respiro, attivò di nuovo il telecomando e rimase immobile, riprendendosi mentre guardava il resto dell'intervista. Fu sorpreso di vedere il sacerdote intervistato successivamente, ascoltando le sue parole benevole parlare della preziosità della vita e la sua promessa di dire preghiere per la giovane donna.

Fanculo Dio! Era furibondo, nascondendosi e sorseggiando la sua birra. Quella puttana non meritava di vivere, non meritava di tirare un dolce respiro. Se il prete volesse avere delle puttane per cui pregare, otterrebbe il suo desiderio. Avrebbe sicuramente realizzato il suo desiderio.

CAPITOLO III

Parlare con Jamie Sellers era stato inutile. Burton sapeva già che probabilmente non avrebbe ottenuto nulla da lui, ma era incazzata dal fatto che il magnaccia non avrebbe rinunciato all'ultimo cliente di Tamara per essere interrogato. Non ha mostrato alcuna reale preoccupazione per il benessere delle altre donne che lavoravano per lui, voleva solo sapere dove fosse stata uccisa in modo da poter tenere il resto delle ragazze fuori dalla zona per paura di essere arrestato.

Per quanto lo riguardava, Tamara era una lista che era stata cancellata, chiedendo solo che gli fossero dati i soldi nel suo portafoglio. Naturalmente, Burton aveva rifiutato, dicendo che il denaro sarebbe stato rilasciato alla sua famiglia, se possibile e se non si fosse trovata una famiglia, l'Associazione Benevolente degli agenti di polizia l'avrebbe ricevuto. Naturalmente, Sellers non era felice. Ha sbattuto la porta dietro a Burton, mormorando sottovoce sui "porcellini del cazzo che non hanno più bisogno di soldi per le ciambelle".

Dato che si stava facendo tardi, decise di prendere la cartella e tornare a casa, togliendosi le scarpe e dirigendosi al piano di sotto nel suo ufficio. Una grande bacheca di sughero occupava la maggior parte dello spazio nella stanzetta e lei accese le luci, osservando il contenuto della bacheca. Istantanee, 8 X 10 e altri bocconcini disseminati quasi ogni centimetro della superficie, tutte rappresentazioni visive di giovani donne che erano state brutalmente assassinate nel suo distretto da quando era diventata un agente di polizia. Burton aprì la cartellina di manila che teneva in mano e tirò fuori la foto di Tamara, attaccandola in uno spazio vuoto.

I suoi occhi erano attratti da un 4 x 8 di una bellissima bambina con i capelli biondi e gli occhi azzurri scintillanti. Tale bellezza angelica era stata abbattuta dallo stesso tipo di mano che aveva ucciso quella ragazza quel giorno: un uomo arrabbiato che la considerava uno strumento sessuale e non un essere umano. Tim stava fumando una sigaretta, guardando la televisione quando Clarice aveva trovato il corpo di Angie nel suo lettino. Non avrebbe mai dimenticato la vista del sangue che le rigava l'interno delle gambe e la pura innocenza nei suoi occhi ciechi.

Tim Burton ora era in prigione, scontando due condanne consecutive di vent'anni per l'abuso di Angie e la successiva morte, mentre Clarice scontava l'ergastolo nella sua prigione per colpa, il cuore di sua madre pieno di colpa per il fallimento. Deglutì contro il groppo in gola, alzando una mano tremante per toccare i bordi sfilacciati della foto. Non toccherebbe mai la parte colorata della foto; questa piccola foto e un orsacchiotto erano tutto ciò che restava di sua figlia.

Burton le tolse la mano e alzò gli occhi su Tamara. Era la figlia di qualcuno. Da qualche parte aveva avuto un letto soffice e sicuro in cui dormire. Da qualche parte aveva celebrato il Natale e la Pasqua con le persone che si prendevano cura di lei. Non aveva l'aspetto duro di una prostituta che non aveva mai visto cura e preoccupazione. Da qualche parte, qualche volta, aveva sperimentato l'amore.

"Perché non adesso? Chi è stato che hai incontrato e non hai mostrato il tuo amore? Chi è stato a lasciarti morire nel tuo stesso sangue? Dimmi, Tamara. Dimmi chi era."

* * *

"Non voglio andare, Venditori, e non potete costringermi!" urlò Julieta, voltandosi per allontanarsi. Era esausta per aver fatto lavori tutto il giorno, le facevano male i piedi e non voleva andare a fare questo lavoro dell'ultimo minuto che l'aspettava dietro l'angolo. L'immagine degli occhi spenti di Tamara e del suo corpo contorto era troppo fresca nella sua mente.

La presa simile a una morsa di Sellers sul bicipite le tagliò il sangue dal braccio e lui sibilò, i denti allineati che brillavano alla luce. "Posso farti fare tutto quello che voglio." La accalcò, avvicinandosi così tanto che lei tremò, nonostante la spavalderia che tentava di mostrare. "Hai bisogno di essere ricordato?"

"No." Julieta si odiava quando sputava velocemente la voce, facendogli sapere che la sua intimidazione stava funzionando. "Ma voglio che tu venga con me."

"Non ho intenzione di guardare te e un ragazzo bianco scopare! Ora vai." Le diede una piccola spinta verso l'uomo in attesa. "E prendi prima i soldi!"

Julieta scosse i capelli mossi, si raddrizzò il vestito e si avvicinò all'uomo, cercando di sembrare sexy senza pensare a quanto le facevano male i piedi. "Ciao."

"Ciao." La sua voce era dolce, quasi ansimante e distolse lo sguardo timidamente. "Sei molto bella."

"Grazie. Ti piacciono le donne latine?"

"Li ami." Di nuovo ansante, ma con un accenno di ...un accento?

"Quindi vuoi un appuntamento?"

"Sì. Voglio scoparti le tette."

"Come questi, eh?" Julieta si guardò intorno per assicurarsi che nessun altro la stesse guardando e le diede una stretta sensuale. "Sono reali. Vuoi toccarne uno?"

Allungò una mano e prese a coppa un globo, soppesando il suo dolce peso, poi stringendolo. "Oh merda."

"Doppia D". Julieta ha fornito con orgoglio. "$ 300 e sono tuoi."

"Lo hai ingoiato?"

"Aggiungi altri $ 200 e berrò tutto quello che hai da dare."

"Fatto."

Ridacchiando, lo condusse in un punto dietro il cassonetto e tese la mano, sorridendo quando lui le mise in mano banconote da cinquecento dollari. "Grazie." Con quel po' di affari fuori mano, si tirò giù il top, lasciando che lui gli strofinasse la faccia contro prima di cadere in ginocchio, aspettando senza fiato di vedere il suo cazzo. Si aprì i pantaloni e tirò fuori il cazzo, schiaffeggiandolo contro le sue guance prima di farlo scivolare tra i suoi seni. Julieta teneva insieme le tette, piegando la testa verso il basso e succhiando la testa in bocca ad ogni spinta.

Gemette, afferrandole le spalle per stabilizzarsi e pompando più velocemente. Presto sarebbe successo, lo sentiva. Quel formicolio familiare. Sibilò quando il suo cazzo esplose, infilandolo nella sua bocca e spingendolo il più lontano possibile nella sua bocca. All'inizio soffocò, poi deglutì, afferrandogli i fianchi per evitare di conati di vomito una seconda volta. Quando finalmente ha smesso di sborrare, lei ha tirato fuori il suo cazzo dalla bocca e si è rimesso la maglietta al suo posto.

"Arrivederci."

Julieta non vide il suo braccio avvolgersi intorno alla gola, ma sentì lo scricchiolio della sua trachea mentre cedeva alla forza dei suoi muscoli e delle sue ossa. E molto presto, non sentì nient'altro.

CAPITOLO IV

Jim Blanch veniva da scuola nello stesso periodo in cui lo faceva sempre. Sua madre lo notò mentre lo salutava e ascoltava i suoi passi pesanti mentre correva su per le scale. Lei sorrise. Jim era un bravo ragazzo; una manna dal cielo dopo il controverso divorzio che aveva dovuto sopportare. Si sarebbe laureato quest'anno, era uno studente A eterosessuale e amava giocare a basket con i suoi amici. Soprattutto, ha pulito la sua stanza senza chiedere e l'ha aiutata ogni volta che ne aveva bisogno.

In effetti, doveva chiedergli di fare un favore. Il loro vicino, il signor Greenwell, aveva bisogno di un baule portato giù dalla sua soffitta e Lorna aveva offerto Jim come volontario per il lavoro. Si asciugò le mani sul grembiule, abbassò i rigatoni di pollo e andò in fondo alle scale.

"Jim! Puoi venire quaggiù, per favore?"

Lorna ha aspettato ma non ha ricevuto la normale risposta da lui. Forse aveva la porta chiusa o stava ascoltando musica. Da quando gli aveva comprato quel lettore MP3, a volte doveva salire le scale fino alla sua stanza per attirare la sua attenzione. Sospirò, salendo le scale. Avrebbe dovuto farlo di nuovo e la sua borsite si stava lamentando.

"Maledizione! Jim!"

Salì le scale, favorendo il piede infortunato e si appoggiò sul pianerottolo, sussultando per il dolore. Ha sentito della musica. Conosceva bene la band; ultimamente, era stato ossessionato dai Franz Ferdinand e aveva suonato il loro nuovo album più e più volte. Sotto il ritmo dei tamburi e lo stridio delle chitarre, sentì qualcos'altro. Qualcosa senza ritmo; qualcosa che non corrispondeva alla musica. Suonava come... molle del letto scricchiolanti.

"Jim?" Non ha chiamato così forte adesso. Jim aveva diciotto anni e stava per diventare un uomo e lei sapeva che si masturbava di tanto in tanto sotto la doccia. Non voleva disturbarlo se fosse stato così, ma il buon senso di sua madre le diceva che qualcosa non andava. "Jim, ho bisogno che tu mi faccia un favore."

Si avvicinò sempre di più, la musica cresceva in volume ei suoni crescevano in rapidità e tono. La sua mano tremante raggiunse la maniglia della porta e l'afferrò, dandogli una facile svolta. "Jim?"

Lo spettacolo che incontrò i suoi occhi era uno di quelli che Lorna Blanch non avrebbe mai dimenticato. La stanza di suo figlio era nel suo solito stato di disordine. Poster di Jennifer Garner e Jessica Alba sono stati attaccati alle pareti insieme a donne anime seminude. E suo figlio era sul letto, nudo. Le sue gambe forti erano a cavallo di qualcosa, i suoi fianchi si flettevano ei muscoli della schiena si increspavano. Lorna fece un piccolo passo di lato, spalancando gli occhi. Sotto il corpo di suo figlio c'erano un paio di seni perfetti e lui li teneva insieme mentre infilava il suo cazzo tra di loro.

Lorna Blanch urlò.

* * *

"Sei serio?"

Burton e Acosta aprirono le porte della stazione, dirigendosi fuori e saltando giù per le scale mentre si dirigevano verso la sua macchina.

"Vorrei esserlo. Ha chiamato cinque minuti fa e ha detto che suo figlio si stava scopando un paio di tette e che doveva venire a prenderle."

"Siamo sicuri che appartengano ai Frati Giulietta?"

"No, ma non riesco proprio a pensare a nessun altro a cui manchi un paio di tette, vero?"

Non ci furono altre conversazioni finché non arrivarono all'arenaria, ronzando per l'ingresso. Lorna Blanch era tra rabbia e disgusto e suo figlio era ovviamente il peso maggiore di entrambi.

"La signora Blanch? Sono il detective Burton. Lui è il detective Acosta."

La donna strinse energicamente la mano con loro, il suo sguardo arrabbiato tornò al giovane che stava cercando di rimpicciolirsi sulla sedia. "Gli ho insegnato meglio di così. Sapeva di meglio che portare quella cosa ripugnante in casa."

Acosta azzardò una domanda, diffidando di aumentare ulteriormente la sua ira. "Signora Blanch, è sicura che siano... reali?"

"Oh, sono reali, va bene." Sbottò con rabbia, poi si voltò per abbaiare a suo figlio. "Vai a mostrarglieli, Jim."

Il giovane non parlava. Li condusse su per le scale fino alla sua camera da letto e indicò il suo letto. Un perfetto set di seni riposava vicino al suo cuscino, accuratamente intagliato e rifinito per essere trasportato, un capezzolo trafitto da una barra su cui era penzolante un'ape. Burton tirò fuori dalla tasca un paio di guanti ed esaminò attentamente la carne.

"Sono suoi."

"Come puoi dirlo?"

Burton sollevò il seno sinistro e gli mostrò le lettere tatuate. Piccolo B.

"Era il nome della sua strada." Si tolse i guanti con uno scatto e si voltò verso il giovane. "Dove li hai trovati?"

"Nel cassonetto." Ha balbettato. "Sto tornando a casa da scuola."

Burton si fermò nei suoi pensieri, tirando Acosta al suo fianco. "Faremo meglio a lavorare in fretta. Ho paura di quello che farà dopo."

CAPITOLO V

Burton e Acosta hanno perlustrato il cassonetto in cui Jim Blanch aveva detto di aver trovato i seni ma non erano stati in grado di trovare altre prove. Le tette appartenevano a Julieta; si adattano perfettamente al loro posto quando il medico legale li ha inseriti nel foro ben intagliato nel suo busto. Acosta quasi rigurgitò le sue scaloppine di vitello uscendo dalla porta. Il dottor Arbitag rise così forte che il globulo di Vicks sotto il suo naso minacciò di precipitarsi dall'altra parte della stanza.

"Quello dovrebbe essere alle Olimpiadi. Probabilmente ha ridotto di qualche secondo il tempo di Usain Bolt."

"Arby, sei un vero bastardo, lo sai?" Clarice rise, aiutandolo a rimettere la parte del corpo nella sua borsa separata.

"Sì, ma tu mi ami." Chiuse la borsa e la posò su un carrello. "Beh, Clarice, non so cosa posso dirti, ma non siamo stati in grado di trovare alcuna prova utilizzabile per te."

"E lo sperma?"

"L'abbiamo digitato ma non abbiamo ricevuto alcun riscontro nel database."

Burton si tolse i guanti con uno scatto, premendo la leva per aprire il cestino dei rifiuti sanitari. "Non stavo davvero scommettendo su quello. Sai che di solito sono un tiro lungo."

"Sì, a volte." Arby si lavò le mani, tornando al detective. "Ma non si sa mai finché non ci provi."

"Arby, hai visto molti casi. So che non sei Michael Baden, ma ho bisogno della tua esperienza." Si fermò, riordinando i suoi pensieri. "Ucciderà di nuovo e lo sarà presto. Julieta era ieri. Tamara era due giorni prima. Dopo mezzanotte, avremo un'altra morta tra le mani e il sindaco andrà a cagare."

"Non ti piacerà."

Burton rise, calmandosi rapidamente. "Puoi darmi qualcosa per andare avanti? Qualcosa dal tuo istinto?"

Arbitag si asciugò le mani e iniziò a spruzzare pezzi di carne e sangue coagulato nello scarico di un tavolo vicino. Alzò lo sguardo verso di lei per un momento, poi rilasciò la valvola del tubo, interrompendo il flusso d'acqua. "È pazzo. Non è solo una persona intelligente, ma è anche malato di mente. La sua scelta di usare le prostitute come bersagli non è un'idea originale, ma la sua scelta specifica di prostitute che non usano il preservativo lo è".

"Niente preservativi?"

"Il canale vaginale o anale di una donna che usa costantemente un preservativo è molto diverso da una donna che non lo fa. Le striature muscolari sono molto più lisce e i muscoli vaginali di entrambe le donne hanno mostrato che nessuna delle due aveva recentemente praticato sesso sicuro".

"Quindi erano specialisti senza sella."

Arbitag annuì, attivando di nuovo l'acqua e convogliando i detriti nello scarico. "Julieta aveva l'HIV."

"E Tamara?"

"clamidia".

"È comunicabile?"

"Sì."

"Si può curare?"

"La clamidia può essere curata, sì, ma... beh, sai dell'HIV."

"Sì." Clarice guardò dentro la spessa sacca di plastica, i bei lineamenti di Julieta distorti dal materiale spesso. "Quindi entrambe le donne erano contaminate, ma a lui non importava".

"No. Abbiamo trovato lo sperma nella gola della prima ragazza e ne ho trovato un po' nella bocca di Julieta quando l'ho tamponata. I tipi erano gli stessi."

"Ma perché dovrebbe prendersi il tempo per tagliare i seni alla donna e poi abbandonarli? Voglio dire, dall'incisione è evidente che si è preso il tempo per fare un buon lavoro..."

"Forse è stato affrettato. Forse li ha lasciati lì per te e Acosta e quel ragazzo si è appena imbattuto in loro. Chi lo sa? A questo punto, il motivo per cui li ha lasciati non è il punto."

"E il punto è?"

"Perché era necessario che lui affettasse le donne? Avrebbe potuto fare a modo suo senza ferirle ma sentiva di doverle mutilare. Perché era così? Perché la gola e perché i seni? Perché ha scelto le donne chi non ha usato le gomme?"

"Stava facendo una dichiarazione". disse piano Burton. "Una dichiarazione sulle prostitute che non usano il preservativo. Prostitute di bassa qualità, infette e che diffondono la loro malattia al cliente. Questo è come Jack lo Squartatore..."

La parola sussurrata da Arbitag era ancora più dolce. "Bingo". Immediatamente, il cervello di Burton iniziò a funzionare, rigirando vanghe di terra nel giardino del suo fertile cervello in cerca di informazioni. Il medico legale ha controllato un vassoio sterile di strumenti, assicurandosi che fossero preparati per l'ingresso successivo. "E che tipo di persona vorrebbe prendere di mira le donne in quel modo?"

Di nuovo, il detective rimuginava sulla domanda, pensando a possibili risposte. New York City era un luogo densamente popolato da tutti i tipi di persone che volevano che le Jezebel dell'HIV venissero cancellate dalla faccia del pianeta. Arbitag si mosse dietro di lei, mettendone una, poi una seconda foto davanti a lei. La prima foto è stata ripresa dalla folla sulla scena del crimine di Tamara. Le riprese della folla erano standard ed erano richieste su ogni scena del crimine lavorata in città. Sapendo che la maggior parte degli assassini erano esseri psicologici, c'era sempre la possibilità che la persona tornasse sulla scena per godersi l'attenzione nascondendo segretamente la propria identità.

Gli occhi acuti di Clarice scansionarono la seconda foto, una folla ripresa dalla scena del crimine di Julieta e non riuscirono a trovare una connessione. Arbitag percepì la sua frustrazione e prendendo un pennarello nero dalla tasca della giacca, fece due cerchi sulla carta fotografica e sorrise mentre il detective si avvicinava.

"Il prete."

CAPITOLO VI

La donna era bellissima. I suoi capelli erano di una gustosa sfumatura biondo fragola, acconciati con gusto in una cuffia di riccioli intorno al viso. La sua bocca invitante era bordata di rosso ei suoi seni pallidi si gonfiavano appena sotto i bordi dell'orsacchiotto di pizzo, stuzzicandolo con le loro cime paffute e lentigginose. Non vedeva l'ora di strofinare il dito lungo quelle cime innevate, ma non la conosceva ancora abbastanza bene.

"Vorresti da bere?"

Lei annuì negativamente e si avvicinò a lui sul divano, girando il suo bel viso verso il suo. Prese il suggerimento e si chinò, prendendo la sua bocca in un bacio gentile e spingendo la lingua nella sua bocca. Era così sottomessa e lui lo adorava. Voleva essere l'uomo, per mostrarle che poteva prendersi cura di lei e voleva che lei lo sapesse. Ancora baciandola, si avvicinò e lasciò che la sua mano accarezzasse uno dei suoi seni, strofinandole il capezzolo tra le dita.

"Ti piace, vero?"

Fece scivolare la cinghia della sua sottoveste sulla sua spalla, lasciando che le sue dita lisciassero la sua pelle morbida. Il suo seno è spuntato fuori, il capezzolo morbido e rosa e lui lo ha linguato, prendendosi il tempo per sentire le diverse trame. Trascorreva del tempo, muovendosi avanti e indietro tra i due ma il suo bisogno era troppo grande e non poteva più combatterlo. Mentre le sue labbra imparavano la valle tra i suoi seni, la sua mano si insinuò verso il basso e si collegò al suo cazzo duro come una roccia, stringendolo prima di aprirlo e rilasciarlo.

"Dagli un po' di suzione, ti va?"

Le sue labbra si aprirono e lui le spinse la testa in basso, gemendo profondamente mentre lei prendeva tutti i suoi sei pollici di lunghezza nella sua bocca, lasciando che colpisse la parte posteriore della sua gola.

Era così brava. Non ne aveva mai abbastanza del calore morbido e umido della sua bocca e della sua lingua flessibile. Lo strofinò contro la parte inferiore del suo cazzo, prendendo di mira il piccolo fascio di nervi appena a sud della cresta e facendolo tremare.

"Sì, piccola. Proprio così. Prendilo. Prendi tutto."

Voleva scoparla ma una volta che lei ha iniziato a succhiargli il cazzo, sapeva che non sarebbe durato. La sua piccola gola formò un vuoto attorno alla sua verga e tutto in una volta, lo stava strizzando e succhiandolo allo stesso tempo. Si appoggiò allo schienale della sedia, tenendo la mano sulla nuca di lei mentre i suoi fianchi si spingevano verso l'alto, costringendo il suo cazzo più in basso nella sua gola.

"Oh, sì. Oh, cazzo, piccola, sto per venire!"

Il suo getto di sperma era accompagnato dal suo grido strozzato e il suo corpo sussultava ad ogni rilascio, le gambe rigide e dritte. Era così brava. Ne mungeva fino all'ultima goccia, lasciandolo debole e sazio, con un sorriso stampato in faccia. Il colpo alla porta della sacrestia spazzò via istantaneamente quel sorriso e lui balzò in piedi.

"Reverendo Perkins?"

"Esco subito."

Burton si sedette su uno dei banchi, lanciando un'occhiata ad Acosta. "Che diavolo ci fa lì dentro?"

"Non lo so. Dare una benedizione privata?"

Il detective ridacchiò cupamente, gettando lo sguardo intorno alla piccola chiesa. Non era stata in una chiesa dalla morte di Angie. Pensò che non ci sarebbe stato Dio se le avesse permesso di morire in quel modo. La porta della sagrestia si aprì e il reverendo Henry Perkins si fece avanti, con la sua uniforme immacolata. Tese una mano ad Acosta, poi si voltò verso di lei mentre si alzava.

"Scusa se ti ho fatto aspettare. Stavo facendo un po' di lavoro al computer."

"Un computer in una chiesa. Il mondo va avanti."

"Sempre, detective Burton. I bisogni dell'anima non sono vincolati dalla tecnologia." Perkins ridacchiò come se stesse facendo uno scherzo privato. "Come posso aiutarla?"

"Volevo farti alcune domande. Ti dispiace?"

"Affatto."

"Buona." Burton osservò il ministro voltarsi nervosamente dall'altra parte, osservando il suo compagno che girava intorno all'altare, esaminando gli articoli sacri della sua fede con l'occhio tecnico di un agente di polizia addestrato. "Ho notato che eri sulla scena della Williams. Credo che tu abbia detto una preghiera su di lei."

"Ehm, sì." Perkins le rispose, poi riportò la sua attenzione su Acosta. Di cosa sei nervoso, reverendo? "Le ho dato gli ultimi riti."

"Come sapevi che era cattolica?"

"Non l'ho fatto. Do Last Rites a chiunque ne abbia bisogno, indipendentemente dalla fede."

"O mancanza di esso?"

Il reverendo Perkins scosse la testa. "Ci viene concessa l'assoluzione se chiediamo perdono per i nostri peccati. Perché una prostituta dovrebbe essere diversa?"

"È molto gentile da parte tua, reverendo Perkins. È per questo che sei venuto sulla scena dei Frati?"

Colse il minimo accenno di sorpresa sul suo viso prima che si ricomponesse. "La scena dei Frati?"

Burton estrasse la foto dalla cartella che aveva con sé e la mostrò all'uomo, osservando attentamente la sua reazione. "Oh, sì. Stavo andando a un incontro di preghiera e l'ho visto per caso. Le ho dato anche gli Ultimi Riti."

"Vedo." Ha sostituito la foto. "Avevi visto una delle ragazze prima della loro morte?"

"N-No."

Una balbuzie. Di cosa sei così nervoso? "Sei sicuro?"

"Sì, ne sono sicuro. Lo saprei." Perkins si guardò di nuovo intorno, notando che Acosta era scomparso. "Dov'è il signor Acosta?"

"Oh, probabilmente è in giro da qualche parte, molto probabilmente fuori a fumare."

"Per favore scusami."

"Reverendo Perkins, non ho finito..."

Il buon reverendo si diresse alla sagrestia di corsa, con il detective Burton proprio dietro di lui. Acosta era all'interno della stanzetta, esaminando i certificati incorniciati che punteggiavano la pannellatura. Alzò lo sguardo confuso quando Perkins si precipitò dentro.

"Si signore?"

Gli occhi di Perkins si spostarono verso l'armadio nell'angolo, notando che le ante erano ben chiuse. "Uh, questo è il mio ufficio privato, detective. Apprezzerei se venissi fuori."

Gli occhi di Acosta si collegarono a quelli di Burton e scrollò le spalle. "Nessun problema."

Perkins chiuse la porta alle loro spalle e si rivolse ai due investigatori. "Senti, se non ci sono altre domande, devo prepararmi per il servizio di domani sera."

Il detective Burton gli strinse la mano. "Grazie, reverendo Perkins. La contatteremo se avremo altre domande."

I due investigatori lasciarono rapidamente la chiesa, dirigendosi verso la Chevrolet non Patrizia parcheggiata sul marciapiede. "Il nostro reverendo Perkins è un uomo interessante."

"Cosa te lo fa dire?"

"Ha un amico nell'armadio. Una bambola di gomma realistica."

"Una bambola?"

"Non una bambola qualsiasi. Una bambola del sesso." Acosta tirò fuori dalla tasca un sacchetto di plastica. "Con un boccone di sperma, aggiungerei."

"Il reverendo si stava scopando una bambola quando abbiamo bussato."

"Sembra così." Acosta sorrise. "Che ne dici se facciamo una breve sosta all'ufficio del medico legale?"

CAPITOLO VII

La notte si diffondeva dolcemente attraverso la città come una macchia scura di fuliggine, oscurando l'orizzonte e oscurando le stelle che sapeva essere lì. Prima che si sposassero, Harry aveva sempre commentato i suoi occhi, dicendo che poteva vedere il cielo in loro. Quella sera era arrivata a casa presto e l'aveva trovato alla ricerca del paradiso nel corpo di una bionda con le tette finte. Dopo undici anni di matrimonio, non se l'era mai aspettata. Credeva nel lieto fine, nel principe azzurro e nella sua adorabile principessa e in un colpo del suo cazzo, suo marito aveva infranto quei sogni.

E così, Carla Parker si è ritrovata nel locale abbeveratoio della loro comunità, circondata da ammiratori che le compravano drink dopo drink, scatto dopo scatto, facendosi strada oltre il suo limite. Non sapeva quando aveva attraversato quel confine; sapeva solo che aveva smesso di preoccuparsi del marito traditore. Era come un oggetto estraneo conficcato nel battistrada della sua scarpa e lei lo strappò senza sforzo e lo gettò da parte.

"Mi scusi." Fu la sua voce a tagliare la foschia alcolica: gentile e da gentiluomo. "Posso offrirti un caffè?"

Dal suo improvviso ingresso in scena si levò un grido e un grido. "Ehi chi sei?" "L'abbiamo vista prima." "Vattene via, fottuto bastardo inglese!"

Li ignorò e si voltò verso l'uomo, rivolgendogli un sorriso da ubriaca. "Sì grazie." Le prese la mano e l'aiutò a scendere dallo sgabello del bar, afferrandola con grazia quando il suo tallone si incagliò nel piolo e la fece cadere in avanti. Gli altri risero della sua ubriachezza, ma lui no. La fece alzare in piedi e l'aiutò a sedersi su una sedia, poi le diede da mangiare del caffè cremoso e zuccherato finché non riuscì ad avvicinare la tazza alle labbra.

"Meglio?"

"Sì, molto. Grazie." Il caffè spazzò via un po' della foschia e lei sorrise al bellissimo sconosciuto. "Grazie per avermi salvato."

"Non c'è bisogno di ringraziare." Il suo sorriso era caldo e disinvolto. "Senti, il mio appartamento non è lontano da qui. Perché non ci andiamo? Posso farti un altro caffè."

"Suona bene. Fammi usare prima il bagno."

Mentre lei era via, finì il suo caffè e aspettò pazientemente che uscisse, notando che gli altri uomini la stavano osservando intensamente. Uscì, asciugandosi le mani su un pezzo di carta assorbente e fu assalita dall'uomo che lo aveva definito un 'bastardo inglese'. Non sapeva cosa fosse successo su di lui, ma in pochi secondi era un'ombra ringhiante di se stesso, che si lanciava verso l'uomo e lo scaraventava a terra. Gli altri uomini che avevano chiacchierato con lei si sono uniti alla mischia e in poco tempo il barista ha chiamato febbrilmente la polizia mentre sedie e bottiglie volavano e il sangue veniva versato.

Erano passati quasi trentacinque minuti quando Burton ricevette la chiamata da Stevens. "È una rissa in un bar chiamato Sin City."

"Ne ho sentito parlare prima. Perché mi chiami per una rissa?"

"Avrai voglia di parlare con la vittima, Carla Parker. Dice che stava per partire con un uomo quando è scoppiata la rissa. Un inglese."

"Sto arrivando."

Quando è arrivata, il barista stava dando la buona notte all'ultimo degli avventori e non era felice di vederla. La donna era seduta in una cabina, un drink nella mano tremante e i capelli in una nuvola arruffata intorno alla testa.

Stevens la stava aspettando, guardando il davanti scollato della sua camicetta. "Si chiama Carla Parker. Ha trovato suo marito a letto con un'altra donna e ha deciso di affogare la sua rabbia. Sembra che sia andata un po' troppo in profondità nelle tazze e ha attirato l'attenzione di diversi uomini che la vedevano come un'"opportunità".

"Figa stupida." mormorò Burton. "Perché non l'ha semplicemente buttato fuori?"

"Non lo so." Si fermò a lato della cabina. "Signora Parker, questo è il detective Burton."

Parker alzò lo sguardo, gli occhi infossati e rossi. Ha iniziato a parlare ma il suo viso si è sbriciolato e ha ingoiato un po' di alcol contro la promessa di nuove lacrime. Stevens indietreggiò e Burton si sedette, allungandosi e accarezzando la mano della donna.

"Parlami di lui, signora Parker."

"Sembrava carino, un gentiluomo."

"Come sapevi che era un gentiluomo?"

"Aveva un accento inglese."

Burton lanciò un'occhiata a Stevens e rivolse alla donna un sorriso di incoraggiamento. "Sono pochi e rari. Signori, intendo." Parker annuì, bevendo un altro drink. "Cos'altro ti ha fatto pensare che fosse un gentiluomo?"

"Mi ha offerto il caffè quando il resto di quei zoticoni voleva che bevessi di più. Non voleva approfittarsi di me come il resto di loro."

"È stato gentile da parte sua. È stato così gentile da parte di uno strano uomo venire in tuo soccorso, non credi?" Le parole del detective misero a disagio Parker, ma lei non disse nulla. "Hai detto che saresti andato via con lui?"

"Sì, mi ha invitato nel suo appartamento. Stavamo per prendere un caffè."

"Vedo." Burton fissò la donna. "Puoi darmi una descrizione di lui?"

"Alto, bruno, barba, occhi castani."

"Potresti identificarlo se lo vedessi di nuovo?"

"Sì." Parker guardò gli altri ufficiali, la sua curiosità improvvisamente stuzzicata. "Perché sei così interessato a un uomo che ha iniziato una rissa?"

"Perché, signora Parker, è fortunata ad essere viva. Il suo gentiluomo inglese ha ucciso due donne che conosciamo e lei potrebbe essere la numero tre."

CAPITOLO VIII

La furia regnava nelle sue vene. Non riusciva a pensare al dolore che gli trafiggeva il cranio e alla rabbia che gli faceva ribollire il sangue. Lui l'aveva. Stava mangiando dalle sue mani e presto avrebbe sanguinato sul filo del suo coltello. Figa del cazzo! Si asciugò la fronte mentre tornava davanti al bar, incapace di trattenersi dal tornare sulla scena. Ed eccola lì, quella fica detective della TV, seduta di fronte alla donna. Poteva ancora averla. Ora, per trovare un modo per farlo...

Il cellulare di Burton squillò e lei lo mise in funzione, lasciando la cabina. "Burton".

"Ehi, sono Acosta."

"Dove sei stato? Ho provato a chiamarti cinque volte!"

"Sono stato qui al laboratorio. Mi hai detto di aspettare i risultati, ricordi?"

"Sì, ma non puoi rispondere al telefono?"

"Ho ricevuto una spiegazione tecnica sul DNA nelle ultime due ore, Clarence. Il mio cervello è sovraccarico."

Burton rise. "Allora che notizie hai per me?"

"È una coincidenza."

"Stai scherzando?"

"No. Il seme del prete è una coincidenza. Sto andando a casa del giudice per far approvare il mandato di cattura."

Burton ha digerito le informazioni mentre si girava a fissare Carla Parker. Qualcosa non andava ma non sapeva cosa fosse.

"Vuoi incontrarmi dal giudice Anderson?"

"No, non è necessario. A questo punto posso occuparmi delle cose. Ti chiamerò quando avrò sistemato le cose e ci incontreremo per accoglierlo."

"Va bene. Buon lavoro, Acosta."

"Grazie, Clarence. A dopo."

Chiuse il telefono e tornò a guardare la donna. Cos'era? Cos'era che la infastidiva? Burton scrollò le spalle e si diresse verso il punto in cui si trovava Stevens.

"Abbiamo il ragazzo."

"Cosa, il ragazzo di stasera?"

"No. L'assassino. Te ne parlerò più tardi. In questo momento, dobbiamo portare a casa la signora Parker e andarcene da qui."

"Bene."

Parker alzò lo sguardo quando lei si avvicinò. "L'hai preso?"

"No, ma abbiamo catturato l'assassino, quindi sei libero di andare."

"Non pensi che sia lui l'assassino?"

"No. Abbiamo prove inconfutabili che dimostrano che non è così, quindi sei al sicuro."

Gli occhi di Carla si riempirono di lacrime. "Grazie Dio."

"Il detective Stevens si assicurerà che tu torni a casa sano e salvo."

"Non è necessario. Non vado a casa. Vado solo in un hotel in fondo alla strada."

"Comunque, il detective può darti un passaggio fino all'hotel."

Parker si alzò, finendo di bere e raccogliendo la borsa. "Grazie lo stesso, ma vado a piedi. Ho bisogno di un po' d'aria fresca, se capisci cosa intendo."

"Signora Parker, non devo dirle che è pericoloso camminare a quest'ora della notte."

"Starò attento." Inciampò verso la porta, raddrizzandosi mentre afferrava la maniglia della porta. "Grazie per l'aiuto."

Gli investigatori la guardarono andarsene, scuotendo entrambi la testa per la sua stupidità. Stevens diede una pacca sulla schiena a Burton. "Non è colpa tua, Clarence. È una donna adulta."

"Non potremmo arrestarla per ubriacatura e disordine?"

"Non proprio. O verrebbe scartato per un tecnicismo o verremmo citati in giudizio." Sorrise. "O conoscendo la nostra fortuna, entrambi."

Lei rise, annuendo. "Hai ragione. Bene, andiamo e ti parlerò del prete in arrivo."

* * *

Carla canticchiava mentre camminava per la strada. Amava New York a quell'ora della notte. Il vapore che si diffondeva dalle fogne, i riflessi delle insegne al neon nelle pozzanghere argentate scure, i rumori degli automobilisti impazienti e l'odore dei gas di scarico si univano per rendere la città un luogo magico dove stare quando il sole si ritirava dal cielo. Anche essere ubriachi non ha tolto l'esperienza. Ha accresciuto tutto e lei si sentiva certamente 'innalzata'.

Fanculo Harry! Rise e saltò allegramente, ricordando l'attenzione che aveva ricevuto quella sera. Vedi, Harry? Non sei l'unico che può prendere qualcun altro! Mentre si avvicinava all'angolo, lo vide lì in piedi, con un sorriso stampato in faccia e corse verso di lui, gettandosi tra le sue braccia. "Dove sei sparito?"

"Sono uscito dalla porta sul retro. Non sono un gran combattente."

Toccò il rigonfiamento alla sua tempia destra e lui fece una smorfia. "Oh mi dispiace."

"Vuoi ancora quel caffè?"

Notò lo scintillio nei suoi occhi e sorrise. "Vuoi dire, nel tuo appartamento?"

"Sì."

"No. Ma berrò da bere."

"Va bene. Andiamo."

Gli lasciò fare da guida, inciampando e ridacchiando mentre lui li manovrava per strade e vicoli. Alla fine si fermò in un vicolo buio, spingendola contro il muro e baciandole il collo. "Spero che non ti dispiaccia una sveltina. Sei così bella che non riesco proprio a trattenermi."

"No." Disse senza fiato. "Non mi dispiace." Le sue labbra ruvide la stavano facendo impazzire, mordendole la pelle sensibile del collo e facendola tremare. Quando le sue mani si spostarono sulla sua vita, tirandole su l'orlo del vestito, lei non protestò. Il suo corpo era affamato, affamato dell'attenzione di un uomo a cui ovviamente piaceva la sua compagnia. Vaffanculo, Harry. Le sue dita strapparono le mutandine dal suo corpo e lei aprì le gambe in attesa. "Oh si." Sussurrò, la sua figa formicolio. "Fottimi."

Le parole si conclusero con un guaito strozzato, il suo corpo impalato sulle grandi forbici da sarta che le aveva infilato nella vagina. Il sangue, denso e caldo, gli coprì la mano e si fermò per annusare prima di spingere il suo cazzo dolorante nei suoi torrenti pulsanti. Cercò di artigliarlo ma lui le teneva facilmente i polsi con una mano mentre l'altra le teneva i fianchi vicini. Presto, le sue lotte divennero deboli, i suoi occhi svolazzarono e lui la spinse più violentemente, il suo sangue caldo e vellutato le lubrificava il canale.

Mentre Carla Parker esalava il suo ultimo respiro, lui esplose dentro di lei, il suo cazzo si ispessiva ad ogni impulso di sperma che le schizzava dentro e si mescolava al sangue ricco. Quella era la cosa migliore, pensò, lasciando che il suo cazzo scivolasse fuori da lei e usando il suo vestito per pulire un po' del sangue. Ora, per lasciare un messaggio a quella detective donna: un messaggio che le avrebbe fatto sapere che non doveva essere scherzato con lui.

Un messaggio per farle sapere che era la prossima.

CAPITOLO IX

Il reverendo Perkins sembrò piuttosto sorpreso quando un piccolo esercito dei migliori di New York si presentò alla porta della chiesa. L'arresto è avvenuto senza intoppi e Burton, Acosta e Stevens sono rimasti con gli altri agenti, cercando ulteriori elementi di prova nei locali.

"Clarence!" La chiamata di Acosta la portò a correre e lei e Stevens entrarono nella sacrestia, dirigendosi nel piccolo appartamento del ministro. Il suo compagno era in piedi dall'altra parte della stanza, indicando il fondo dell'armadio; lo stesso armadietto che ospitava la bambola del sesso di gomma di Perkins. Un liquido scuro scorreva costantemente da sotto la porta, scorreva in rivoli sul pavimento di cemento e si inzuppava in un piccolo tappeto fatiscente.

Stevens si avvicinò alla porta, usando il suo fazzoletto per afferrare una delle maniglie della porta e la aprì lentamente. Dentro, accanto al busto di gomma, c'era il busto di una donna, uno spettacolo che sussultò in tutti i presenti.

"Gesù Cristo! Quella è Carla Parker!"

Burton si avvicinò, i suoi occhi fissati sul viso della donna. La sua espressione era di desolazione, di rinuncia alla sua vita e scosse il detective nel profondo della sua anima. Lo sguardo nei suoi occhi... "Clarence. Clarence, stai bene?"

"S-Sì." Tornò alla sua modalità professionale, ancora scossa. "Io sto bene."

Acosta si mosse dietro di lei, la voce bassa e timorosa. "Clarice, ti assomiglia." Per la prima volta, il detective Burton fissava il corpo, lo fissava davvero. Carla Parker era una bruna, eppure i suoi capelli erano biondi. Una parrucca era stata messa in testa. "E guarda, sul suo petto." Appuntato attraverso il tessuto adiposo del seno di Carla Parker c'era un distintivo della polizia. Il suo numero di badge, 5803, era stato scritto su una striscia di nastro antisettico e attaccato ad essa. Stevens e Acosta la fissarono per un lungo momento, nessuno dei due volendo commentare.

"Era lui."

"Che cosa?" gridò Acosta.

"Era lui. Il nostro inglese."

"Cosa stai dicendo? Come potrebbe essere lui quando abbiamo le prove su Perkins?"

"Non so come spiegarlo, Stevens. Lo so e basta. Questo è un messaggio per me."

"Perché a te?"

"Deve essere tornato al bar. Deve avermi visto con lei e ha deciso che gliela tenevo lontana." Burton non riusciva a distogliere gli occhi dagli occhi vuoti di Carla Parker. "Mi sta dicendo che verrà a prendermi la prossima volta."

"Ma che mi dici del reverendo Perkins?"

"È innocente."

Acosta si mosse davanti a lei. "Cosa stai facendo? Abbiamo questa testa di merda a morte!"

"Noi?"

Guardò Stevens che la stava fissando. "Che diavolo è questo?"

"Questa è una falsa pista, inscenata a nostro vantaggio e per coinvolgere Perkins. Perkins non è l'assassino." Si voltò per lasciare la stanza, lanciando parole alle sue spalle: "È là fuori ad aspettarmi".

* * *

Mise due quarti nella macchinetta e si infilò il giornale sotto il braccio. Il suo appartamento era a pochi isolati di distanza e questa era una parte necessaria della sua routine quotidiana, il suo modo di mantenere una connessione con il mondo reale. Controllò l'orologio e accelerò il passo. Quasi le sei. Tempo per le notizie. È ora di scoprire se quel detective ha ricevuto il suo messaggio.

La trasmissione di Breaking News è iniziata alle 5:59 e si è sistemato nella sua poltrona reclinabile, il giornale in grembo e una birra in mano. "Buonasera. Iniziamo con le ultime notizie da St. Peter's nel Lower East Side. Il reverendo Henry Perkins è stato arrestato per l'omicidio di Tamara Williams, Julieta Friars e l'ultima vittima, la receptionist 38enne Carla Parker.

La signora Parker era stata coinvolta in una rissa in precedenza al Sin City Bar, ma è riuscita a scappare illesa. Una volta che la polizia se ne fu andata, la signora Parker se ne andò da sola, nonostante gli fosse stato offerto il trasporto dalla polizia ed è stata aggredita e uccisa in Canal Street".

Ascoltò attentamente l'emittente, soppesando ogni parola e cercando un assaggio di quella puttana, il detective Burton. Si chiese se sarebbe stata abbastanza coraggiosa da affrontarlo. Finalmente. Quello che aveva aspettato. Sullo schermo è apparso il poliziotto dai grossi seni.

"Puoi dirci qualcosa di più su questa indagine?"

Gli occhi della donna hanno lasciato il volto della giornalista e si sono rivolti all'obiettivo della telecamera. "L'indagine non è finita. Abbiamo arrestato una persona di interesse ma personalmente non credo che quella persona sia l'autore del reato. Credo che sia ancora là fuori, in attesa di colpire di nuovo".

Burton fissava la telecamera, ignorando i sussurri arrabbiati di Stevens, che stava proprio dietro di lei. "Ho ricevuto il tuo messaggio. Ti sto aspettando."

Il giornalista si è allontanato da lei per finire il segmento di trasmissione e Stevens l'ha afferrata per le spalle, facendola girare su se stessa. "Che diavolo stai facendo?"

"Sto cercando di trovare l'assassino, John. È ora di fare il suo gioco."

CAPITOLO X

Clarice Burton si fermò davanti allo specchio e controllò attentamente il proprio riflesso. Per anni ha nascosto la sua femminilità sotto la divisa, dietro un distintivo che la identificava con tutti coloro che l'avrebbero vittimizzata in nome di quella femminilità. E andava bene. Si muoveva all'interno dei circoli del dipartimento, apparentemente ignara dei sussurri che la seguivano quando entrava nella stanza della squadra, ma sempre dolorosamente consapevole che, per quanto ci avesse provato, sarebbe stata sempre vista come una ragazza dai capelli rossi con delle tette enormi.

Il passaggio a detective era stata un'ossessione. Si lavorava il culo, leggendo e studiando quando i ragazzi erano fuori a fare baldoria oa giocare a poker e il duro lavoro ha dato i suoi frutti. Ha avuto modo di lasciare la feccia dell'ufficio, salendo nella feccia degli investigatori. La sua innata capacità di annusare le prove la tenne testa e spalle al di sopra della folla e ben presto fu scelta per le sue straordinarie capacità. Ora poteva comandare a modo suo ed era stata fortunata ad entrare in contatto con Acosta come suo partner. Era ancora una della popolazione che odiava l'afflusso di donne nei ranghi dei detective, ma teneva la bocca chiusa e faceva il suo lavoro.

Non si è riconosciuta. Questa persona, in piedi davanti allo specchio... questa era la persona che era stata tutti quegli anni prima. La madre di Angy. Una donna a cui piaceva essere una donna. Una donna che amava essere toccata e baciata. Una donna che godeva del corpo di un uomo accanto al suo, diventando una cosa sola sotto il sussurro delle lenzuola di cotone. Il solo vedere il proprio corpo sinuoso nel vestito le fece perdere improvvisamente l'intimità del tocco di un altro e si ritrovò a chiedersi perché lo stesse facendo davvero. Voleva catturare l'assassino o provare il sesso?

L'orologio dell'ingresso suonò mezzanotte e lei rimase immobile davanti al tabellone, il cuore che le batteva nelle orecchie. I suoi occhi vagarono sui volti, soffermandosi per alcuni secondi per renderli adeguatamente omaggio. Lo faceva per loro, per ognuna di quelle povere anime che avevano perso la vita a causa di persone come l'inglese. Nel catturarlo, avrebbe concesso loro un po' di pace e forse anche a se stessa. Era tempo di andare. Dammi la forza.

Chiuse a chiave la porta, controllando che il distintivo e la pistola fossero nella borsetta e scivolò nell'auto senza contrassegni che si era portata a casa. Le sue piume si alzarono immediatamente ma non ebbe il tempo di ripescare la pistola dalla borsetta. Con calma, raccolta, inserì la chiave nell'accensione e disse: "Ciao, Jack".

"Salve, detective Burton." Si sedette sul sedile posteriore, tenendo la canna della pistola premuta dietro la sua testa e assicurandosi di rimanere nell'ombra. "Sei adorabile questa sera."

I suoi occhi si collegarono ai suoi nello specchietto retrovisore. "Mi sono vestito così per te."

"Davvero?" La sua voce roca le fece venire i brividi. "Stai dicendo che vuoi giocare con me?"

"Sì, Jack. Voglio giocare con te."

Si avvicinò così tanto che lei poté sentire il suo respiro caldo sul collo. "Sapete che cosa significa?"

Clarice sentì un tremito iniziare nel profondo dello stomaco e non poté fare nulla per fermarlo. Sapeva esattamente cosa intendeva e se non avesse vinto questa partita, il risultato sarebbe stata la sua morte. "Sì," disse lei dolcemente. "So cosa vuol dire."

"Potresti rivelarti il mio miglior capolavoro, Clarice. Una donna così coraggiosa da affrontare la morte."

"Non mi ucciderai, Jack."

"Non lo farò?"

"Preferiresti scoparmi."

La sua mano improvvisamente si strinse sulla sua gola, scacciandole l'aria dai polmoni. "Posso fare entrambe le cose, detective. Non provocarmi. Se lo fai, potresti non trovare l'esperienza così eccitante."

Voleva rispondere ma non aveva fiato per farlo. Invece, lei annuì e la sua mano si allontanò rapidamente come appariva e lei rimase senza fiato. "Mi dispiace, Jack. Non volevo farti arrabbiare. Ti stavo solo facendo sapere che mi stavo offrendo completamente e completamente per il tuo piacere."

"Non devi offrire. Prenderò quello che voglio."

La sua mente ha cercato di lavorare rapidamente. Adesso era arrabbiato, qualcosa che lei non aveva voluto. "Mi dispiace, Jack."

Si sedette sullo schienale. "È così che mi piace una donna. Sottomessa. Conosci il tuo posto, detective Burton?"

"Sì." Lei rispose senza esitazione. "Il mio posto è sotto di te."

Sorrise nell'oscurità, il suo cazzo si indurì alla sua risposta. Quella sarebbe stata sicuramente la notte più bella della sua vita. "Hai proprio ragione, detective. Ora accendi la macchina e ti dirò dove andare."

Con le mani tremanti, la detective Clarice Burton mise in moto l'auto, la mise al volante e si diresse nell'oscurità, senza sapere se sarebbe tornata a casa viva.

CAPITOLO XI

Non sapeva come facesse ma in qualche modo riuscì a guidare l'auto, seguendo le indicazioni che le dava. Qualche volta, quando passavano le auto della polizia, pensava di far loro un segnale e si chiedeva cosa stessero pensando Acosta e Stevens, se fossero tornati a casa sua per trovarla quando non si era presentata. Si spera che la stessero cercando in questo momento, ma non sperava che l'avrebbero trovata. Le indicazioni che Jack le aveva dato li portavano fuori città, fuori dal raggio d'azione che gli investigatori avrebbero cercato e, in qualche modo, sapeva che lui ne era consapevole. Alla fine, l'ha indirizzata in un vialetto e le ha ordinato di parcheggiare l'auto.

"Siamo qui, prezioso." La sua voce roca le soffiò nell'orecchio mentre spegneva il motore. "Perché non entriamo dove fa più caldo?"

"Bene." Prese la maniglia della porta ma la sua mano sulla sua spalla la fermò.

"Aspetta. Prima gli occhi bendati. Chiudi gli occhi."

Fece come lui le aveva chiesto, tremando ancora di più quando sentì aprirsi la portiera dell'auto. Il turno in macchina l'ha avvertita del fatto che aveva lasciato il sedile posteriore e l'aria fresca l'aveva investita mentre apriva la portiera. Un morbido pezzo di tessuto con conchiglie oculari le è stato posizionato sul viso e quando ha aperto gli occhi, non riusciva a vedere nulla. La sua mano coprì la sua e lei rabbrividì alla sensazione della sua pelle ruvida.

"Pronto, detective?"

Burton non si fidava della sua voce, era così spaventata che si limitò ad annuire e ad abbandonare completamente il suo controllo. Era insensibile; non poteva sentire niente tranne il punto in cui la sua mano toccava la sua e ogni passo mandava shock attraverso il suo corpo, sconvolgendola costantemente nella realtà. Percepì un'altura nel sentiero, poi dei passi, poi un lungo corridoio dopo aver varcato la porta d'ingresso. Il loro movimento in avanti rallentò e lei si sentì manovrare intorno a qualcosa, poi delicatamente spinta all'indietro. Quando rimbalzava, sapeva di essere seduta su un letto e il cuore le balzava in gola.

"Benvenuto a casa mia, detective."

"Grazie. Posso togliermi la benda?"

"No. Voglio che tu li tenga finché non deciderò come andrà a finire stasera."

"Abbastanza giusto."

Burton cercò di respirare profondamente, sperando che avrebbe aiutato a tenere a bada la sua paura, ma sapeva che poteva dire che era pietrificata. "Sei diverso da come pensavo." Cominciò, le sue mani lisciandole le spalle. "Mi aspettavo una donna dura, ma tu sei tutt'altro che dura."

"Perché hai pensato che sarei stato duro?" Odiava il tremore nella sua voce, ma il calore delle sue mani attraverso il tessuto sottile del vestito la stava raggiungendo.

E lo sapeva. "Dovresti essere difficile per essere un detective della omicidi." Le sue mani si mossero lungo le sue braccia, sollevando la pelle d'oca nella loro scia. "Quando è stata l'ultima volta che un uomo ti ha toccato così?" Quando lei non ha offerto risposta, ha continuato, chinandosi per il suo orecchio. "Quando è stata l'ultima volta che un uomo ti ha detto che eri spettacolare?" Le sue dita si mossero verso il basso, sfiorandole i capezzoli che la fecero sussultare. "Quando è stata l'ultima volta che un uomo ti ha fatto una bella scopata dura?"

Clarice non poteva parlare. Quand'è stata l'ultima volta che si è fatta una bella e dura scopata? Dimentica il cazzo, quand'è stata l'ultima volta che era stata baciata? Il fatto che non potesse rispondere era un segno significativo. "Tanto tempo." Lei rispose dolcemente.

"Una bella donna come te?" Si avvicinò. "Sono sicuro che ci sono centinaia di uomini là fuori che ti vogliono, quindi perché sei solo?"

"Sono un agente di polizia. Non ho tempo..."

"Per le relazioni?" Ha riso. "L'ho sentito prima. Le belle donne non hanno mai avuto tempo per me, specialmente quelle puttane." Le sue mani le accarezzarono i seni, avvolgendoli a coppa e circondandole i capezzoli attraverso il tessuto. "Togliti il vestito."

Fece per dire qualcosa ma cambiò idea. Lentamente, si alzò, sganciando la parte all'americana del vestito e lasciandola cadere dai suoi seni. Stava per spingere giù il resto del vestito quando le sue labbra attaccarono i suoi capezzoli, leccandoli e succhiandoli finché non arrivarono a punti dolenti. Clarice rimase senza fiato, amando ogni leccata e suzione che le stava dando. Era così bello essere rapita che si dimenticò del pericolo e pensò solo alle sue mani calde sul suo corpo.

"Voglio fotterti, detective. Sei pronto a fare il mio gioco?"

Il suo corpo tremante per la sua attenzione, spinse il vestito fino in fondo, spingendo fuori le spalle. "Sì, Jack. Giochiamo.

CAPITOLO XII

Burton era ancora spaventato. Rimase nuda e bendata, in attesa del suo comando come solo uno schiavo desideroso potrebbe fare. Ogni nervo era in testa. Ogni capello era in piedi. Ogni fibra di lei tremava, ogni pezzetto aspettava la sua parola.

"Faccio il duro, detective. Riesci a gestirlo?"

"Posso gestire molto di più di quanto pensi, Jack."

"Veramente?" Un sottile tono di giocosa incredulità colorò le sue parole e lei strinse i denti contro il tremito di paura che serpeggiava in lei. Respirò di proposito contro il suo collo, il calore la fece rabbrividire. "Posso pensare a molte cose da fare al tuo bel corpo."

"Scommetto che puoi." Disse piano. "Ma perché non mi permetti di servirti?"

"Perché? È un lavoro da puttana." Il suo tono passò da giocoso a arrabbiato in pochi secondi, qualcosa che la spaventava. "Dovrei trattarti come quelle puttane?"

"No." disse velocemente Burton. "Mi dispiace, Jack." Cadde in ginocchio, abbassando il mento sul petto. "Per favore accetta le mie scuse."

"Accetto le tue scuse." Sentì il suo stivale sulla schiena, spingendola in avanti sul petto. "Ma se succede di nuovo, ti ammazzo. Capisci?"

"Sì, Jack."

"Bene. Odio le donne che pensano di potermi superare. Non si può."

"Sì, Jack."

"Leccami lo stivale." Clarice si chinò, sapendo che il suo piede era sotto il suo viso e tirò fuori la lingua, assaporando una combinazione di terra e sale della strada. Il sapore era orribile, ma cercò di non mostrarlo perché era sicura che stesse guardando. "Bene. Ora alzati in piedi."

Si alzò lentamente, il suo corpo ancora tremante. Anche se le sue mani le giravano intorno al corpo, prendendo di mira i suoi seni pesanti, sapeva che la gentilezza del suo tocco era una bugia. La piacevole carezza si trasformò in una litania di dolore, Patrick dalle sue urla. Le sue dita le pizzicarono la carne tenera del seno così forte che lei capì che avrebbe avuto lividi quasi immediatamente. Ha combattuto l'impulso di respingerlo; sapeva che era quello che voleva. Allora la tortura sarebbe peggiorata. Le sue dita trovarono nuovi bersagli e Burton quasi svenne per il dolore di avere i capezzoli attorcigliati.

All'improvviso, si fermò, lasciando che il suo respiro caldo le scendesse a cascata sul collo. "Sei piuttosto duro, detective." Non parlava perché si sforzava così tanto di non piangere, ma sapeva che lui lo sapeva comunque. Le prese la mano e la condusse lungo un lungo corridoio, poi l'aiutò a scendere una serie di gradini. "Vediamo come ti piace."

Nel momento in cui ha sentito la fascia di pelle liscia al polso, ha capito di essere nei guai. Cercò di combattere ma lui era molto più forte, costringendola a inquadrarsi, legandosi prima un polso, poi l'altro. Ha cercato di prenderlo a calci, ma lui le ha preso la gamba e l'ha facilmente strappata a una pinza di pelle, inserendo anche l'altra caviglia in una. Adesso era completamente alla sua mercé.

"Sei stata una brava ragazza, detective. È un peccato che tu debba essere punito."

"No!" Burton dimenò le braccia, cercando di trovare qualche acquisto nella pelle e non trovandone. Il telaio si mosse e si girò, facendola girare in modo che fosse appesa in avanti e uno schiocco sfacciato dietro di lei alimentava le sue peggiori paure.

"Sì!"

La frusta le colpì il centro della schiena e rimase senza fiato per il dolore lancinante che le attraversava il corpo. La frusta cadde ancora e ancora, ogni volta facendola urlare ma uscì come un piagnucolio. Dieci frustate dopo, era una massa di carne singhiozzante, che agitava le mani e cercava ancora di liberarsi.

"Lasciami andare, pezzo di merda!"

"Aw, cosa c'è che non va, detective? Volevi giocare e ora non ti piacciono le regole?" Il telaio si inclinò ancora una volta, abbassandola di qualche centimetro e lei sapeva cosa sarebbe successo dopo. "Beh, perché non diamo inizio alla festa?" Sentì le sue dita sulla sua figa secca. "Preparati, detective. Sto per squartarti."

Burton sentì la sua spinta e sentì il suo grido senza parole. Le sue mani lasciarono il suo corpo e si tirò fuori dalla sua figa, portando con sé la gabbia. Ancora bendata, poteva solo immaginare quale sarebbe stata la scena: sangue che scorreva rosso lungo le sue gambe mentre gorgogliava da due fori nella testa del suo cazzo, due fori che erano stati praticati nella sua carne da due pali d'argento attaccati a una gabbia d'argento che si adattava alla sua figa. Le punte alla sua base avrebbero assicurato che avrebbe sanguinato copiosamente se avesse cercato di rimuoverlo.

"Puttana!" Gridò da qualche parte dietro di lei. "Che cazzo mi hai fatto?" Si tirò le braccia e le gambe e non trovò ancora alcun rilascio. "Puttana! Tu..." Il silenzio improvviso fu rotto solo da un lamento e lei sentì la gabbia colpire il pavimento, seguito rapidamente dal suono del suo corpo che si schiantava accanto ad essa.

La detective Clarice Burton era appesa al telaio, ancora singhiozzando, non per la paura ma per il sollievo. Era finito. Ora, doveva solo aspettare che il faro portasse aiuto. Acosta e Stevens avrebbero fatto irruzione presto. Avrebbe dovuto subire solo le battute dell'ufficio di essere trovata nuda. Adesso era tutto finito.

CAPITOLO XII

"Clarice! Clarice!"

Sentì la voce di Stevens ma era troppo insensibile per muoversi. Le sue braccia sembravano di piombo ed era stordita dal sangue che le si accumulava nella testa. Le cinghie di cuoio si staccarono, una dopo l'altra, e fu aiutata ad alzarsi in piedi, solo per scoprire che non poteva stare in piedi. Braccia forti la portarono in un posto dove era sdraiata e ricoperta da qualcosa. Pochi minuti dopo, la benda è stata rimossa, le ventose che si sono staccate piene di un misto del suo sudore e delle sue lacrime.

Sbatté le palpebre contro la luce forte, reagendo come qualcuno che aveva fissato un flash ed era stato momentaneamente accecato. Qualcuno le passò un panno freddo sugli occhi, pulendo via i detriti e lei alzò una mano per strofinarli, continuando a battere le palpebre furiosamente. Ancora qualche minuto e la sua vista si era sufficientemente schiarita da mettere a fuoco il viso di John, la sua espressione impagabile.

"John, è quella paura che vedo?"

"Stai bene?"

"Sì, sto bene. Dov'è Acosta?"

Stevens deglutì, spostando gli occhi in un punto del pavimento. "È là."

Le parole non affondarono finché non vide il corpo, poi l'incredulità le offuscava la mente. Il suo compagno, il suo collega più stretto, era sdraiato sul pavimento, una pozza di sangue si stendeva come una coperta sotto di lui. La gabbia era a pochi centimetri dalla sua mano, le punte uncinate infilate di carne gelatinosa. "Tony?"

Il detective Stevens mise le mani sulle spalle di Burton, la sua voce bassa mentre altri agenti si riversavano nella stanza. "Era Acosta, Clarence. Era Jack."

"Non poteva esserlo. Come..."

"Ho ricevuto una telefonata oggi prima da un dottor Jonathan Herbert. Ha detto che aveva curato Acosta negli ultimi dieci anni e che Jack era una delle sue personalità manifestate."

"Perché non ci ha contattato prima?"

"A quanto pare, era a Baltimora a un convegno. Non è tornato fino a stamattina e ha ripreso la lettura. Fu allora che ha scoperto che si trattava di Acosta."

Nel profondo di Burton iniziò un tremore che non riuscì a fermare e crollò in lacrime tra le braccia di Stevens. Si era avvicinata alla morte. Non era quello che la spaventava di più. Era che per tutto questo tempo Acosta le era stato così vicino.

"Portami fuori di qui, John. Per favore. Portami a casa."

* * *

I giorni successivi furono pieni di più attività di quante Burton potesse gestire. Tutti i media volevano parlare con il duro detective che aveva catturato l'assassino di "Jack lo Squartatore", ma lei non voleva avere niente a che fare con questo. Si ritirò a casa sua, trascorrendo del tempo davanti al muro di pannelli di sughero delle foto e piangendo in modo incontrollabile. Li aveva quasi delusi. Era stata così immersa nel suo lavoro, nella sua ricerca di questo assassino che si era dimenticata di vivere. Era quello che Angie avrebbe voluto per sua madre, isolarsi dalla civiltà?

Quattro giorni dopo l'omicidio, le è stato ordinato di recarsi nell'ufficio del commissario per fornire un briefing completo ed è emersa dall'esperienza sentendosi esausta. Il capo della polizia le consigliò di prendersi qualche giorno di ferie per raccogliere i suoi pensieri e lei acconsentì, ancora emotivamente troppo cruda dal briefing per protestare. Mentre passava davanti all'ufficio del detective, si fermò per guardare dentro e vide ciò di cui desiderava tanto far parte. Stevens, Andreotti e un paio di altri ragazzi erano ammassati attorno a una scrivania, scherzando e ridendo insieme.

Non poteva trattenersi. Aprì la porta, entrando nello spazio aperto e tutti gli occhi si girarono su di lei. Burton deglutì, dicendo a se stessa che avrebbe semplicemente controllato il telefono per i messaggi e se ne sarebbe andata altrettanto tranquillamente. Tutti la guardavano mentre passava, zoppicando leggermente per le ferite della frusta in via di guarigione, osservando silenziosamente la sua forza silenziosa. Il primo applauso la congelò e si voltò per vedere Stevens in piedi e applaudire per lei. Andreotti e gli altri si unirono e in pochi istanti ogni detective era in piedi e applaudiva il coraggio della detective Clarice Burton.

Si diresse alla sua scrivania e controllò i suoi messaggi, asciugandosi furiosamente le lacrime mentre scarabocchiava le informazioni. Mentre riattaccava, notò un piccolo pacco in un angolo e lo scartò lentamente. All'interno c'era la gabbia vaginale d'argento, i rebbi intatti, tranne per il fatto che stavano perforando un modello giocattolo di Jack lo Squartatore. Una piccola nota allegata in fondo diceva: Benvenuto nella giungla. Per qualche strana ragione, le parole le hanno fatto venire le lacrime agli occhi e ha capito cosa stavano dicendo i suoi colleghi. Lei è sempre stata una di loro ed era speciale per la squadra in un modo in cui loro non lo erano. La loro mascolinità non poteva permettere loro di ammettere il loro amore per lei, ma le stavano facendo sapere che era amata.

La detective Burton si soffiò il naso, raddrizzò la scrivania e uscì, sollevata nel notare che la stanza dei detective era tornata alla normalità, le persone rispondevano alle chiamate, compilavano scartoffie e parlavano di casi. Si fermò alla scrivania dove c'erano i ragazzi. "Mi devi il pranzo."

"Che cosa?" disse Andreotti, guardando i suoi colleghi investigatori.

"Conosco l'esercitazione. Risolvi un caso, l'equipaggio ti offre il pranzo, giusto?"

Stevens rise. "Si, è esatto."

"Bene. Ognuno di voi mi deve il pranzo."

Burton uscì dalla stanza, con un sorriso sul viso e un fuoco nel cuore. Vivrò, Angie. vivrò.

FINE

www.ingramcontent.com/pod-product-compliance
Lightning Source LLC
LaVergne TN
LVHW090936230826
846093LV00006BA/209
9798223927969